LE
THRESOR
DES
EPITAPHES

Pour & Contre le Cardinal.

Imprimé par I. I. à Anuers.

DEssoubs ce Richelieu sont enfermez les os
d'Armand, qui Armant tout n'eut iamais de repos
Que si tu veut passant plaire encore à ce Prestre,
De qui les actions respondent à son nom,
Iette-luy de cette eau donton fait le salpestre,
Et brusle pour encens de la poudre à canon.

Autre.

Cy gist Armand de Richelieu,
Qui n'a peu choisir aucun lieu,
Plus conuenable à sa personne,
Que la Chappelle de Sorbonne:
Car pour regner & faire peur,
Vit on iamais vn tel Docteur.

Autre.

Cy gist Armand qui dans toute la terre,
Sema la peste, & la faim & la guerre,
Productions dignes de son esprit:
Et le seul pas qu'au desordre où nous sommes,
Ce Prestre a fait sur ceux de Iesus-Christ,
C'est qu'il est mort, pour le salut des hommes,

Autre.

Passant venu par aduanture,
Cy gist Armand ô qu'il est bien,
Soubs cette belle sepulture,
Pour ton profit, & pour le mien.

Autre.

Icy dessouz sont en repos,
Iusques au iugement les os,
D'vn Prestre portant la Couronne:
D'vn Duc & Pair, d'vn General.
D'vn Euesque, d'vn Cardinal,
Que la riche pourpre enuironne,
D'vn cruel Ministre d'Estat,
D'vn tres auare Potentat.
Trois Abbez, trois Generaux d'ordre,

A

Vn Prieur , plus d'vn Gouuerneur,
Miracle si le point d honneur,
Ne les oblige à s'entremordre.

Autre.

Cy gist vn fameux maquereau,
Qui ne s'est seruy de taureau,
Pour liurer Europe à son Maistre,
Mais dés qu'il luy eut fait paroistre,
De son braue cœur le souhait :
Il creut que pour luy faire prendre,
Le plus prompt estoit de la rendre,
De la couleur de son bonnet.

Autre.

Cy gist en ce lieu,
Le Cardinal de Richelieu,
A qui il faudroit vn tombeau,
Plus magnifique , & plus beau,
Puis qu'auec son Eminence,
Repose toute la France.

Autre.

· Richelieu cét endroit où gist ton Eminence,
Auant ton fameux regne à autrefois seruy
De priué, au sçauant college de Caluy,
O le digne tombeau du tyran de la France.

Son tombeau est en la place ou furent autrefois les retraits du College de Caluy,

Autre.

L'on a semé dans cette terre,
Les os du pere de la guerre,
Si le fond est bon , de façon
Que pour vn grain cent il rapporte,
O Dieux grelez en la moisson,
Et nous priuez de la recolte.

Autre.

Cy gist & repose le corps en ce lieu,
Le Cardinal de Richelieu,
Et ce dequoy i'ay plus d'ennuy,
Ma pension gist auec luy.

Icy

Autre.

Icy gist soubs ces plastras
Le cadaure de son Eminence,
Ventre sainct-gris il est trop bas,
Il meritoit bien la potence.

Autre.

Cy gist le Prestre sans Breuiaire,
L'Abbé vestu en court manteau,
Le Prelat à l'ame guerriere,
Et le Cardinal sans chapeau.

Il recitoit pour son office
Les heures de Machiauel,
Et se stiloit en la malice
Sur les escrits de Cornuel.

De Breuiaire il n'en disoit point :
Car estant trop puissant en France
Il est excusable en ce-poinct
Puisque les Princes en ont dispense.

Il auoit bien plus d'excellence
que ceux qui preschent parmy nous :
Car ils exhortent à penitence,
Et luy la faisoit faire à tous.

Autre.

Les os d'Armand & de Robert
Sont icy soubs mesme couuert :
C'est donc chose tres-veritable
Qu'ils sont tous deux Robert le diable.

Autre.

Cy gist vn bel esprit sans probité aucune,
Lequel eust bien seruy à Iudas de Commis:
Cy gist qui a trompé pour faire sa fortune,
Dieu, le Roy, sa patrie, ses parens & amis.

Autre.

Icy gist vn peu trop tart
L'escarcelle d'vn Iaquemart,

Qui eûſt la fortune aſſez bonne,
Et qui reſigna pour auoir
Tout ce qu'il a eu de pouuoir,
Son ame au diable, & ſon corps à Sorbonne.

Autre.

Cy giſt l'Eminent Cardinal,
Qui porta le nom de la France
A vn ſi haut poinct de puiſſance,
Qu'on ne vid iamais rien d'égal :
Pour le faire il euſt des obſtacles,
Pour les vaincre il fit des miracles :
Paſſant icy n'en attends pas
Sa puiſſance eſt enſeuelie,
Il en fit trop durant ſa vie,
Pour en faire apres ſon treſpas.

Autre

Cy giſt ha ! que c'eſt grand d'hom nage
Le Cardinal de Richelieu,
Faut-il qu'ayant eſté ſon page
J'aille mourir à l'hoſtel Dieu.

Autre

Icy giſt dont loüé ſoit Dieu,
Le Cardinal de Richelieu,
Dont l'ame errante eſt vagabonde
Pleine de crime & d'excez,
Autant que ſon corps eut d'abcez
Cherche à traitter en l'autre monde :
Mais les Lymbes & les innocens
Ne recoiuent point les meſchans,
Et les Sacremens de Sorbonne
Luy ferment la porte aux enfers
Qui ſans eux luy ſeroient ouuerts
Pluſtoſt qu'à nulle autre perſonne.
Les Indulgences & les biens faicts
Qu'on pratique apres ſon deceds
Luy empeſchoient çomme il faut croire

Auſſi bien que les grains benits,
Et tous les vœux de ſes amis
L'entrée dans le Purgatoire
Le Paradis n'eſt pas pour luy
Saint Pierre a fort bien fermé l'huys
Craignant que ceſte fiere beſte
Scachant le crime qu'il commiſt
Lors qu'il renia Ieſus-Chriſt
Ne luy euſt faiĉt trancher la teſte
Va donc pauure ame dans les forts
Où tu as caché tes threſors
Et là comme vn eſprit immonde
Imite le bruiĉt d'vn folet
Ainſi que viuant tu as faiĉt
Donne encore du tourment au môde.

Autre.

Cy giſt qui fut en France
Aimé de peu, mais craint de tous
Ayant laiſſé dans l'opulence
Des gueux, des boſſus, & des fous.
Cy giſt, mais loing de Dieu
Le Cardinal de Richilieu.

Autre. imf. p. 26

Cy giſt ce grand Prelat d'Egliſe
Qui nous a dépouillé iuſqu'en chemiſe
Si d'auenture il euſt veſcu
Il nous auroit faict voir le cul.

Autre.

Cy giſt cette grande Eminence
Qui fut l'autheur des guerres en France
Ce grand Armand de Richelieu
qui ſe faiſoit craindre en tout lieu,
Qui d'Eueſque fut Cardinal
Et à tous grands Seigneurs fatal,
Celuy qui le Havre fiſt faire
Qui Montmorency fiſt deffaire

Qui la Reine mere chaſſa,
Qui Bellegarde exila :
Celuy qui fiſt Soiſſons perir,
Celuy qui fiſt de Thou mourir
Et qui par maxime d'Eſtat
Fiſt executer Deffiat :
Celuy qui ſe fiſt vn Palais,
Celuy qui fiſt perdre Chalais,
Qui a caſſé le Parlement,
Fait empoiſonner Puylaurens,
Qui fiſt le Mareſchal de Guiche,
Et qui mit le Duc Charle en friche:
Celuy qui auoit trente Pages ,
Et fit à Baſſompierre outrage:
Celuy qui par vne ſurpriſe
Effaça les armes de Guiſe :
Celuy qui fiſt la ſubſiſtance
Pour ſatisfaire à ſa deſpence :
Celuy qui fiſt le ſol pour liure
Pour ſes eſpions faire viure,
Qui a pillé pendant vingt ans
Pour enrichir tous ſes parens :
Celuy qui vouloit que Gaſton
Priſt pour femme la Daiguillon:
Celuy qui fiſt le Chancelier,
Et Surintendant Bouthillier :
Celuy qui reuint de Narbonne
Pour eſtre enterré en Sorbonne:
Celuy qui commandoit au foudre
Eſt maintenant reduit en poudre,
Et qui malgré tout ſon pouuoir
A payé le dernier deuoir.
S'en eſt faict, il eſt au neant,
Remercions le Tout-puiſſant,
Et prions Dieu pour Mazarin
Qu'il ne nous ſoit pas inhumain.

Cy

Autre.

Cy gist le pacifique Armand
Qui tout iuste, simple & clement
Ne fist iamais tort à personne;
Qu'il n'a garde d'estre damné:
S'il est vray que Dieu luy pardonne
Tout ainsi qu'il a pardonné.

Autre.

Cy gist Armand de Richelieu
Qui sur la terre fust vn dieu :
Ce Cardinal impitoyable,
Ceste Eminence formidable,
Ceste Admiral si redoutable,
Ce genie, cet incomparable,
Ce tout puissant, cet impeccable,
Ce tyran, cet immitable
Qui deuant Dieu est si coupable,
Qui ne pensoit qu'à posseder
L'esprit du Roy & l'obsedder :
Qui au captif n'a rien donné,
Et qui n'a iamais pardonné,
Qui n'aymoit rien que l'iniustice,
L'iniquité & le supplice,
Qui ne vouloit pour ses raisons
Que des bourreaux & des prisons,
Pour s'agrandir & terrasser
Tous les plus Grands a fait chasser,
Qui n'aspiroit qu'au bien d'autruy
Pour ses parens comme pour luy :
La fourberie de iour en iour
Estoit l'obiect de son amour ;
Et puis qu'il n'a fait que du mal
Ne pleurons point cet animal,
qui vn Ieudi est trespassé
Tunc requiescat in passé.

C

Autre.

Cy gist Armand ce grand Genie,
Que l'on estimoit immortel :
Il est mieux icy qu'à Ruël
Pour le repos de nostre vie.

Autre.

Cy gist Monsieur le Cardinal,
Qui fit moins de bien que de mal,
Et qui n'a iamais fait pour Dieu
Que le bastiment de ce lieu.

Le basti-
ment de
Sorbon-
ne.

Autre.

Cy gist ce grand Cardinal,
On ne scait à qui l'ame est deuë ;
Il fit tant de bien & de mal,
Qu'elle sera bien debattuë.

Autre.

Cy gist que personne ne pleure
Mon bon Seigneur le Cardinal :
S'il est au Ciel il n'est pas mal,
S'il est au diable à la bonne heure.

Autre.

Cy gist vn tyran implacable,
Qui n'eust pardonné à la mort,
Si ce vainqueur impitoyable,
N'eust esté maistre de son sort.
Pour monter iusqu'au premier rang
Il espandit ce noble sang,
Yssu de royale lignée,
Et mourant n'eust autre dessein
Que de montrer vn cœur d'Athée
Logé dans le corps d'vn Chrestien.
Passant si malgré ses offences,
Malgré toute sa cruauté,
Qui a versé le sang de France
Tu en es touché de pitié :

Prié Dieu feulement pour fon corps,
que fortant de ces noirs cachots
Il n'aille en la caue infernale
Reioindre fon funefte efprit,
qui croit fon arriuée fatale
Dans cefte efpouuentable nuiᶜ.

    Mais prié pluftoft pour fa patrie,
que ce corps tout pourry de vers,
Dont la France eft toute pourrie,
Ioignent fon efprit aux Enfers,
De peur que cet efpoir cruel
Donnant encore vn coup mortel,
N'acheue en fin tous de nous perdre,
Et que ceux qui manient l'Eftat
Ne faffent à fon exemple naiftre,
Au lieu de Iuftice vn fabat.

Autre.

Cy gift vn grand Cardinal,
qui fit trembler la terre & l'onde,
Lors qu'il euft vn pouuoir Royal
Dedans cette machine ronde :
Il eftoit la terreur du monde,
Et crois pour moy en verité
que dans les abyfmes profondes
Pluton mefme l'a redouté.

Autre.

Cy gift vn petit dieu de terre,
Qui d'vn vol trop audacieux
Vouloit s'efleuer dans les Cieux,
A deffein d'allumer la guerre :
Iunon craignant que fes beaux fys
Ne fuffent par fes mains cueillis,
De fon Iupin prend le tonnerre,
Et d'vn feul reuers de fa main
Fift trébucher cet inhumain
Iufqu'au fin fonds de la terre.

Autre.

Cy gist vn homme infeꝗ & l'abregé des vices:
Cy gift le racourci des plus pernicieux
Cy gift ce proditeur infame & cauteleux,
Qui rendoit aux francois tant de mauuais offices,
Cy gift le plus rempli des plus noirs artifices,
Cy gift le plus meschant le plus audacieux,
Cy gift ce desloial pariure ambitieux,
Cy gift en fin le corps du maudit Cardinal,
Dont lame est pour iamais dans vn vantre infernal,

Autre

Cy gift le Cardinal vray tiran de la France,
Que viuant on nomma armand de richelieu,
Son corps est cy dessus mais son ame en vn lieu,
Pour d'horribles pechez en faire penitence,
Toutes ses actions peuuent en conscience,
Tesmoigner a present s'il creust iamais en Dieu
Il fut cruel ingrat in satiable au lieu,
De mourir pour l'autheur de sa grande eminence,
Na il pas abusé du pouuoir de son Roy,
Faisant tous les plus grands mourir sans foy ni loy,
Chassant les magistrats & bannissant les princes
Qu'il me disent a present si mieux ne seront pas,
Sil neust iamais esté de mesme que Iudas,
Luy qui à deserte & royaume & prouinces.

Autre.

Cy gift ce grand prelat c'est homme incõparable,
Qui s'est faiꝗ renommer par milles beaux effeꝗs,
Et de qui les desseings estoient aũstant de traiꝗs,
Dont l'espagnol ressent vne playe incurable,
Ce tiran eust rendu le monde miserable,
Et iamais neust laissé pas vn royaume en paix,
Si le grand richelieu par ses illustres faiꝗs,
Neust faiꝗ de son estat vn estat deplorable,

Godiuin

Ce diuin Cardinal, ce iuste protecteur
Pour abbatre l'orgueil de cest vsurpateur
Luy suscita par tout vne puissante guerre.
C'est par ses bōs conseils qu'il fust tousiours vaincu
Et si l'on ne voit pas le repos sur la terre
C'est que le grand ARMAND n'a pas assez vescu.

Autre

Cy gist le Cardinal dont la sage conduite,
Dont les prudens conseils ont mis son Prince au
    poinct
De voir bien-tost l'Europe à son pouuoir reduite,
Et donner de la crainte, & de n'en auoir point.

Autre.

Cy gist le corps d'ARMAND, & son ame est damnée
Où l'Oracle diuin n'a pas dit verité,
La Parque qui fila sa noire destinée.
Ne peut voir sans horreur tant d'infidelité.
  Il bannit de son Roy la Mere infortunée,
A tous les gens d'honneur il declara la guerre,
Et les fit immoler à son ambition.
Il ruina la France, & s'en rendit le maistre,
Docteurs qui recelez ce voleur & ce traistre,
Peut-il estre sauué sans restitution?

Autre.

  Cy gist le plus heureux des Illustres François,
Le plus heureux mortel que le Ciel ait fait naistre:
Le Vassal le plus grand qu'on ait veu autrefois,
A l'exemple eternel de ceux qui doiuent estre.
  Il commença de vaincre aussi tost que paroistre,
Et l'heur suiuit tousiours ses augustes exploicts
Il fut trop absolu sur l'esprit de son Maistre,
Mais son Maistre par luy fut le Maistre des Rois.
  Son zele a teint nos champs du sang de l'Heresie,
Fait pallir de frayeur le climat de l'Asie,
Dans les climats glacés allumé des combats.
  Pour sçauoir le surplus des faicts d'vn si grand homme
Va l'apprendre, Passant, à Madrid ou à Rome.
Car si i'osois tout dire on ne m'en croiroit pas.

Autre.

Dans ce Tombeau gist Richelieu,
Qui fut reueré comme vn Dieu,
De tous les hommes sans courage.
Il meditoit le desloyal,
D'exterminer le sang Royal,
Pour esleuer son parentage:
Il auoit tant fait que le Roy
N'auot plus d'hommes aupres de soy,
Lors que cest esprit infernal
Pensoit monter au Tribunal
Descend dans la sepulture.

Autre.

Cy gist le Cardinal que l'Escot dit vn S. hõmé,
Fust il vn S. Thomas, l'on dit qu'il a menty,
Si ce n'est que Messieurs les Docteurs de Sorbonne,
Iurent sur leurs Bonnets qu'il est mort repenty
Vn Confesseur sans foy, vn Martyr en delices,
Patriarche en dessein, Pape d'ambition,
Prestre sans Sacrements, Cardinal sans office,
L'Escot le faisant Sainct, canonize vn Demon.

L'Escot dit qu'il est Sainct, qu'il estoit sans offense
Et nous dit qu'il est mort comme vn vray Penitent,
Penitent sans peché, c'est que sans conscience
Il viuoit en mourant, il pleuroit le bon temps.
Attendant qu'il soit Sainct, & que l'Escot soit Pape,
L'Espagnol chomera le iour de son deceds.
L'Allemand quittera le Mousquet & la Sape,
Et sa mort à la France sera vn iour de Paix.

Autre.

Arreste, & medite Passant
Sur le trespas du plus puissant
Qui iamais ait veu la lumiere,
Le Cardinal de Richelieu
Est icy fermé d'vne biere,

Luy qu'on reueroit en tout lieu,
Il viuoit du temps de Louis,
Ec mist si haut les fleurs de Lis,
Qu'on les vit de toute la terre.
Son Chappeau marchoit au deuant,
Qui les garantist du tourment
Et les sauua du mauuais vent,

    Il fut si puissant pres son Roy,
Qu'outre qu'il luy donnoit la Loy,
Il machina l'eschet & mate
Et rien n'atrestoit ce Torrent,
S'il eust pensé que l'escarlate
Eust peu prendre le bleu mourant.

    Ses plus ordinaires esbats,
Se fut de broüiller les Estats
Et de porter par tout la guerre:
Il a mis l'Espagne à raison:
Il a fait danser l'Angleterre,
Et remis S. Pierre en prison.

    Les Princes estoient ses subiects,
Les Rois redoutoient ses proiects,
Il auoit esbranlé l'Empire,
Et s'il eust eu plus de santé,
Il forçoit Rome de l'eslire
Successeur de sa Saincteté,
Pendant son têps tous nos Bourbons
Errans comme des vagabonds,
Ne seruirent qu'aux Tragedies,
Des desastres des plus grands Rois,
Il en faisoit des Comedies,
Pour nostre Theatre François.

    Durant le regne de vingt ans
Il se mocqua des mal contents
Les Partis estoient morts en France:
Il met bas tous les ennemis,

Et rien ne heurta sa puissance,
que la Parque qui l'a soufmis.
Comme il eut toufiours l'efprit fort,
Il fut égal iufqu'à la mort,
Il vit fon heure fans contrainte,
Sa grandeur ne le toucha point
Sa mort paroiffoit vne feinte,
Paffant rumine fur ce poinct.

Autre.

Paffant, qui de ce monde admire les appafts,
Qui t'admire toy?mefme,& te plais en ton eftre
Arrefte, & lis ces vers qui te feront connoiftre,
Quelle eft la vanité des chofes d'icy bas.
Richelieu dont le nom remplit toute la terre,
Qui pour nous mettre en paix porta par tout la guerre,
Qui confondoit l'orgueil des plus fuperbes Rois,
Qui fit craindre le fien à l'égal de la foudre,
Qui mift le Rhin & le Po fous fes loix,
Deffous ce grand tombeau n'eft plus qu'vn peu de
poudre.

F I N.